D1128674

Ut, el mamut

Texto: Anna Obiols
Ilustraciones: Subi

edebé

Paseo de San Juan Bosco, 62
08017 Barcelona
www.edebe.com

Atención al cliente: 902 44 44 41
contacta@edebe.net

Directora de Publicaciones: Reina Duarte
Editora de Literatura Infantil: Elena Valencia
Diseño de colección: Book & Look

Primera edición, marzo 2017

ISBN 978-84-683-3164-5
Depósito Legal: B. 361-2017
Impreso en España
Printed in Spain
EGS - Rosario, 2 - Barcelona

*Para nuestra Carla,
para que estos ojos tuyos que miran lo hagan
siempre con esta intensidad que enamora.*

—¡Uauuu!... —dijo Carla cuando entró en la sala grande del museo de ciencias naturales y vio aquel inmenso animal.

—Es un mamut que vivió hace muchos, muchísimos años... —explicó la maestra.

Carla estaba impresionada.

Mientras escuchaba las características del animal, empezó a imaginar cómo sería tenerlo de mascota.

«Lo llamaría **Ut**, el **mamut**. Pero ¿dónde lo guardaría tan **grande** como es?».

«Tendría que llevarlo al campo y no sé si conseguiría suficiente comida... 180 kilos de hierba al día es mucha hierba».

«Si está acostumbrado al frío, ¿tendría que meterlo de vez en cuando en el congelador? ¡Pero es imposible! No cabe de ninguna manera. Tendría que construirle uno muy grande..., o un iglú de su tamaño».

«A menudo, tendría que llevarlo a patinar sobre hielo».

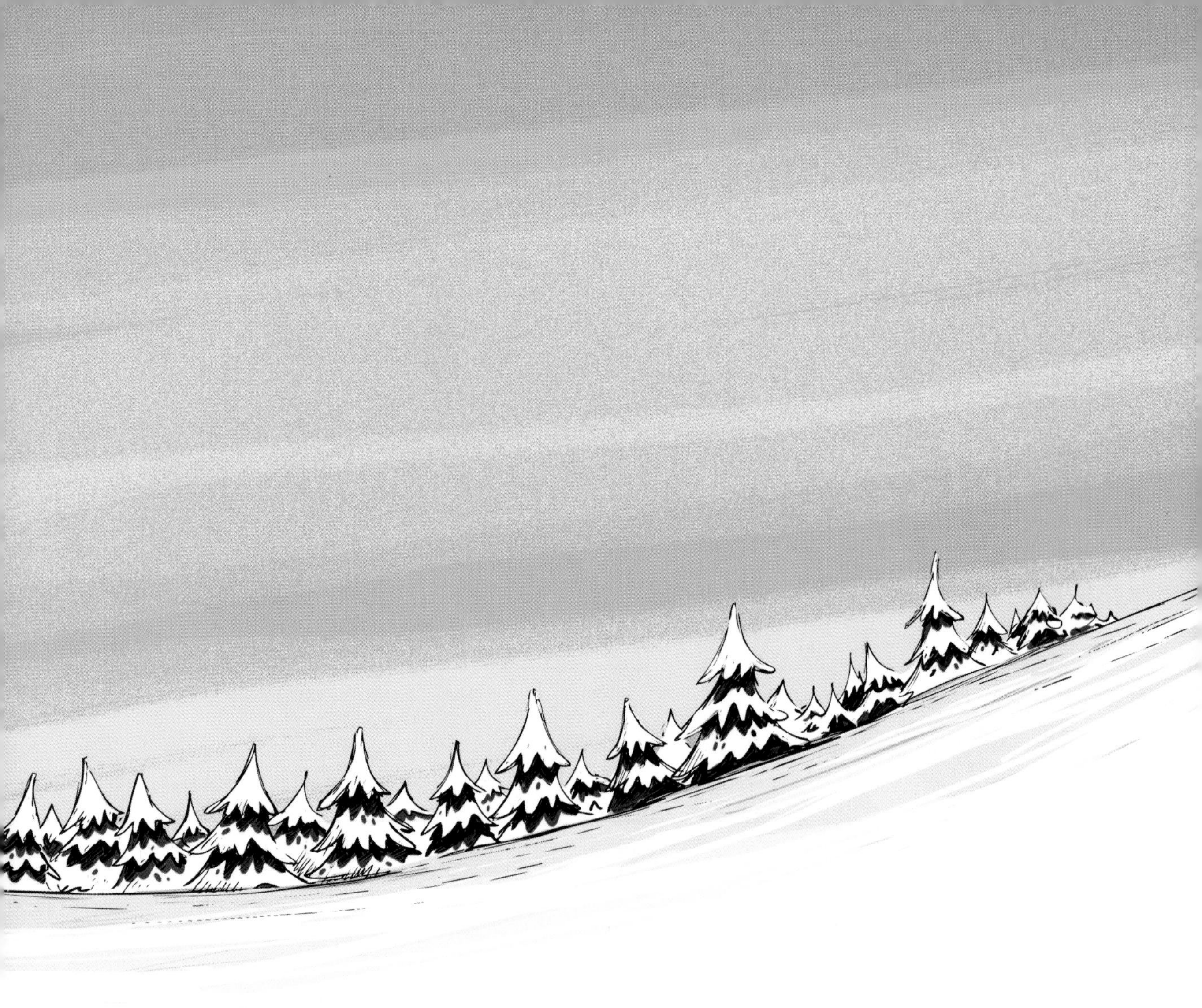

«Disfrutaría muchísimo con la nieve, porque jugaríamos sin parar. ¡Sería un trineo genial!».

«Yo me refugiaría debajo de su pelo para estar calentita. Y también sería un lugar perfecto para jugar al escondite».

«Sería entretenido para mí y para mis amigas, porque podríamos hacerle trenzas, coletas y peinados extravagantes y divertidos».

«En verano su trompa sería una ducha fantástica y haríamos increíbles guerras de agua».

«Sería un buen amigo de los pájaros. Más de uno haría su nido en algún rincón de su cuerpo».

«Sin duda, sería una gran atracción con sus escaleras que suben y bajan, sus puentes movedizos y sus toboganes».

«Con mis amigos, lo dibujaríamos como las pinturas rupestres de las cuevas. Sería nuestro secreto».

Carla se había quedado sola en aquella sala del museo.
—¡Corre, Carla! —gritó uno de sus compañeros.
Antes de irse, le pareció ver cómo el mamut le guiñaba un ojo.
Y empezó a correr más feliz que una perdiz.

MUSEUM

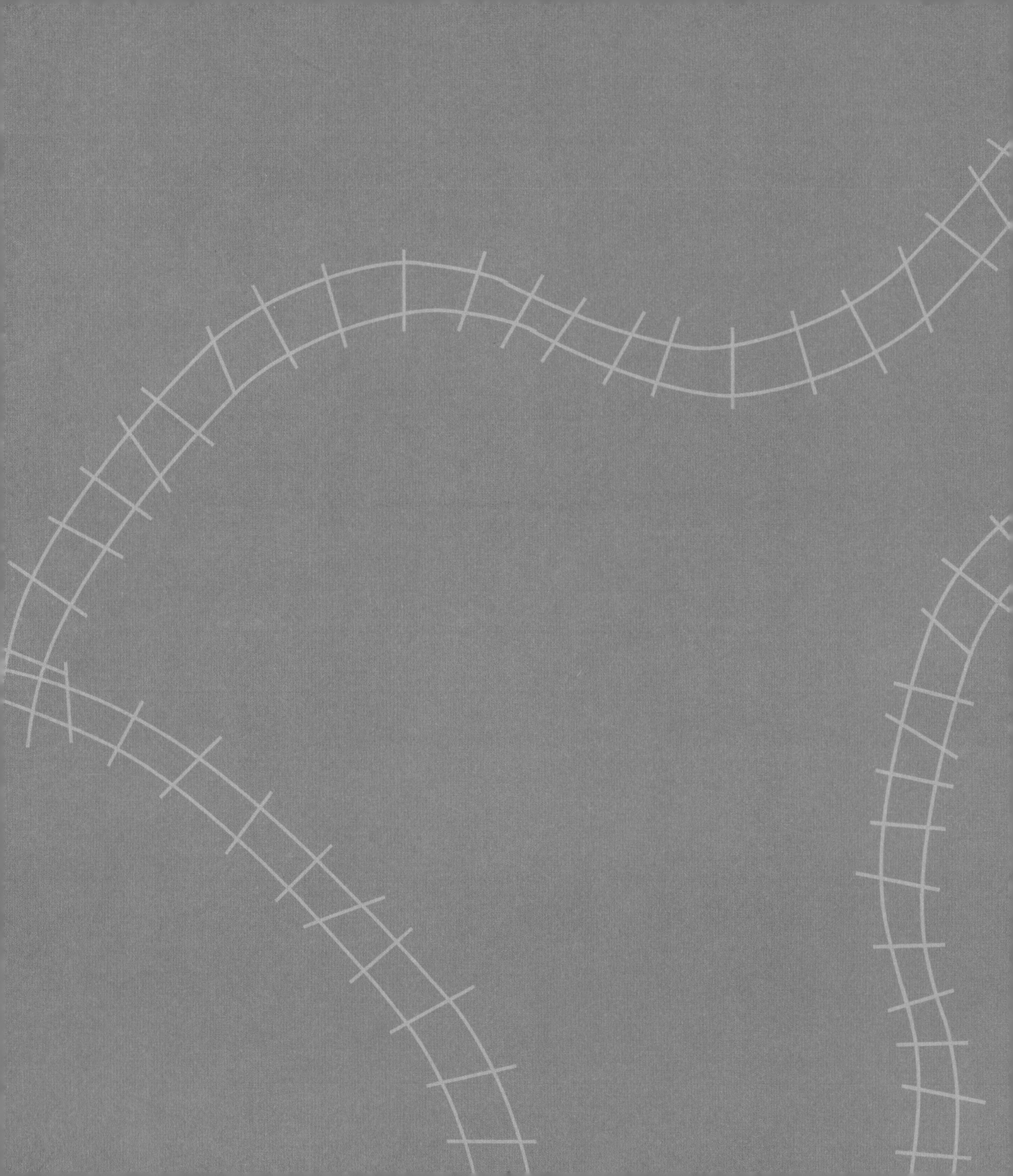